Königreich
Der Palast
Sternloser Wald
Burk
Meerjungfrauen-bucht
Gipfelhorst

von Zauna
Frostkamp
Primhall
Moorwang
Das Festland
Hobs-fels
Hobshagen

DAS MAGISCHE KÖNIGREICH

DER SCHARLACHROTE DRACHE

Geschrieben von Jordan Quinn
Illustriert von Robert McPhillips

THE KINGDOM OF WRENLY 2 / THE SCARLET DRAGON

Dieses Werk wurde vermittelt durch die Michael Meller
Literary Agency GmbH, Landwehrstraße 17, 80336 München.

www.adrian-verlag.de
Adrian & Wimmelbuchverlag GmbH
Friedrichstraße 126
10117 Berlin

Text: Jordan Quinn
Illustrationen: Robert McPhillips
Coverillustration: Robert McPhillips
Übersetzung: G. M. Pum
Lektorat: Lara Krüger, Annerose Sieck
Satz deutsche Ausgabe: Julia Groier-Bleiweis
ISBN: 978-3985851737

Printed 2023 in the EU

INHALT

KAPITEL 1

Alarmstufe Rot!

Saftige Würstchen, frisches Obst, warme Zimtbrötchen und fluffige Rühreier standen vor Prinz Lukas auf dem Tisch. Der Prinz trommelte mit den Fingern auf dem weißen Tischtuch und starrte verträumt auf einen Wandteppich mit einem Einhorn und einem Löwen. Er hatte gehofft, sich mit seiner besten Freundin, Clara Gills, zu treffen. Aber das Frühstück war ihm dazwischengekommen.

„Du musst etwas essen, bevor du gehst", ermahnte seine Mutter, Königin Tanja.

Lukas nahm sich einen Apfel aus der Obstschale und biss kräftig hinein.

„So", sagte er zwischen zwei Bissen. „Darf ich jetzt gehen?"

„Sprich bitte nicht mit vollem Mund", erinnerte ihn sein Vater, König Kaleb.

„Und du musst warten, bis du entschuldigt bist", fuhr die Königin fort.

Lukas seufzte und biss noch mal in seinen Apfel. Er konnte hören, wie ein Paar Stiefel über den Steinboden in

Richtung der großen Halle trampelten. Stefan, einer der Männer des Königs, betrat den Raum und senkte sein Haupt. Der König und die Königin sahen von ihrem Frühstück auf. Lukas hörte auf, an seinem Apfel zu knabbern.

„Eure Hoheit", begann Stefan, „ich habe sehr seltsame Neuigkeiten."

„Was kann das sein?", fragte der König.

„Andreas und Grom haben ein verwaistes Drachenei auf der Insel Gipfelhorst gefunden", berichtete Stefan.

Andreas und Grom waren Zaubererbrüder und die Herrscher von Hobshagen, einer Inselprovinz des Königreichs Zauna.

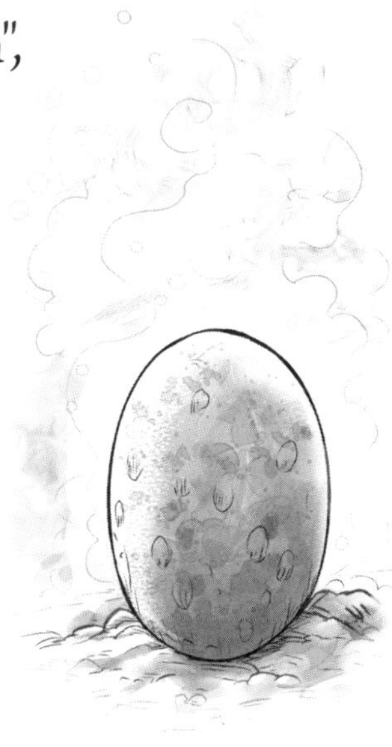

„Nun, das ist nicht sehr ungewöhnlich", meinte der König.

„Stimmt, mein Herr", antwortete Stefan. „Aber dieses Drachenei ist rot!"

Alle zuckten zusammen, auch die Dienerschaft.

„Meine Güte!", rief der König aus. „Bist du sicher?"

„Ja, ich habe das Ei selbst gesehen, Eure Majestät", erwiderte Stefan. „Es ist tief scharlachrot."

„Oh!", rief Lukas. „Das bedeutet, es ist ein scharlachroter Drache!"

Lukas wusste, dass ein Drache immer die gleiche Farbe wie sein Ei hatte.

„Das ist unmöglich", brüllte der König. „Den Legenden zufolge hat es seit zwei Jahrhunderten keinen roten Drachen mehr im Königreich gegeben!"

In der großen Halle wurde es still. Niemand wagte es, dem König zu widersprechen.

Da stand König Kaleb auf. „Ich muss dieses Ei sofort sehen", sprach er.

„Ja, Eure Majestät", sagte Stefan.

„Ich werde das königliche Schiff herbeirufen."

„Vater, darf ich mit dir gehen?", fragte Lukas.

Der König hob eine Augenbraue.

„Bitte?", flehte Lukas.

„Ich würde auch gerne mitkommen", meldete sich die Königin zu Wort.

Da lachte der König. „Gut, wir werden alle gehen", verkündete er. „In ein paar Minuten brechen wir zum Hafen auf."

„Ja!", rief Lukas, als er vom Tisch aufsprang. Dann setzte er sich schnell wieder hin. „Darf ich mich bitte entschuldigen?", fragte er.

„Du darfst", nickten seine Eltern.

Lukas sprang von seinem Stuhl auf und rannte den ganzen Weg zu den Ställen.

KAPITEL 2

Ein Feuerspeier

Lukas entdeckte Clara vor einem Stall. Er beobachtete, wie sie ihr Pferd Muschel sanft bürstete. Muschel war ein samtbrauner Araber mit einer schwarzen Mähne, einem schwarzen Schweif und weißen Socken. Das Pferd war eine Belohnung von König Kaleb für den Fund des verlorenen Smaragds von Königin Tanja.

„Clara!", rief Lukas. „Du wirst nie erraten, was passiert ist!"

Clara hörte auf zu bürsten. Ihre grünen Augen leuchteten, als sie ihren Freund sah.

„Was?", fragte sie.

„Andreas und Grom haben auf Gipfelhorst ein rotes Drachenei gefunden", sprudelte es aus Lukas hervor.

„Ein rotes Drachenei!", rief Clara aus. „Weißt du, was das bedeutet?"

„Es bedeutet, dass ein scharlachroter Drache im Inneren ist!"

„Genau", lächelte Clara. Dann wurde ihr Gesicht ernst. „Und du weißt ja, was man sich über rote Drachen erzählt."

„Sicher", antwortete Lukas. „Die Legenden besagen, sie seien die prächtigsten Drachen der Welt!"

„Und die am meist gefürchteten", fügte Clara hinzu.

„Keine Sorge", sagte Lukas. „Training ist alles."

Clara rollte mit den Augen.

„Hast du jemals einen feuerspeienden Drachen trainiert?", fragte sie.

„Eigentlich habe ich noch nicht einmal einen Hund trainiert", gab Lukas zu. „Aber die Ritter und Zauberer wissen alles über Drachentraining."

„Denke ich auch", überlegte Clara. „Aber was ist, wenn er Zauna in Brand setzt?"

„Dann werden wir das Feuer löschen", erklärte Lukas. „Vertrau mir, ein roter Drache wird fantastisch sein."

„Nun, es ist wirklich aufregend", gab Clara zu.

Lukas gab Clara einen Klaps auf die Schulter.

„Nun, ich gehe jetzt besser", verabschiedete er sich. „Meine Eltern nehmen mich mit, um das Ei zu sehen."

Clara winkte, als Lukas zum Palast zurücklief.

KAPITEL 3

Eierschalen

Lukas ging mit seinen Eltern an Bord des königlichen Schiffes. Es war ein wunderschöner Frühlingsmorgen. Die Wolken hatten einen rötlichen Schimmer. *Vielleicht liegt es ja daran, dass es wirklich einen scharlachroten Drachen im Königreich von Zauna geben WIRD,* dachte er. Lukas hielt sich an der Reling fest und blickte in Richtung Gipfelhorst. Er wünschte sich, das Schiff würde schneller segeln.

Andreas traf sie am Hafenbecken.

„Kommt mit mir, Eure Majestäten", sagte er.

Andreas führte die königliche Familie zu einer wartenden Kutsche.

„Wo ist das Ei?", fragte der König.

„Grom hat es neben dem Lavastrom gefunden."

„Bist du sicher, dass das Ei verlassen wurde?", fragte der König. Er wusste, dass Mutterdrachen ihre Eier sehr beschützen.

„Ja", erwiderte Andreas. „Wir haben das Ei mehrere Stunden lang beobachtet und es gab keine Anzeichen für eine Mutter."

„Warum sollte die Mutter ihr Ei überhaupt im Stich lassen?", fragte Lukas.

„Vielleicht hatte sie Angst vor der Verantwortung, einen roten Drachen aufzuziehen", vermutete Andreas. „Eines ist sicher, sie wusste, dass das Ei sehr warm gehalten werden muss."

„Aber ich dachte, alle Eier müssen warm gehalten werden", warf Lukas ein.

„Ein scharlachrotes Drachenei muss in der Nähe oder über einem offenen Feuer aufbewahrt werden", belehrte ihn Andreas. „Ich glaube, sie hat das Ei mit Absicht neben der Lava zurückgelassen."

„Aber das sind doch alles nur Legenden", meinte der König. „Glaubst du wirklich an diese Geschichten?"

Andreas sah einen Moment lang nachdenklich aus. „Nun, das werden wir bald herausfinden", antwortete er.

Die Kutsche holperte über die Straße. Bald erreichten sie eine Lichtung. Lukas konnte die langsam fließende Lava sehen. Sie sickerte an der Seite des Vulkans herab und mündete in einen Bach, der ins Meer floss. Dort, wo die Lava auf das Wasser traf, stieg Dampf aus dem Bach auf.

Andreas brachte die

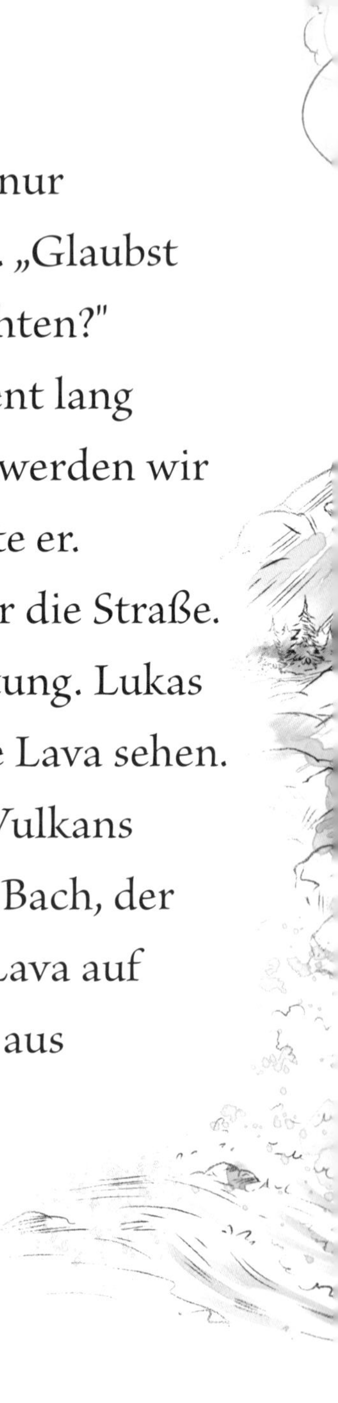

Kutsche zum Stehen und half dem König und der Königin beim Aussteigen. Lukas sprang allein auf den Boden.

„Hier drüben!", rief Grom und winkte der königlichen Familie zu.

Andreas ging voran und führte sie zum Drachenei. Es lag in einer flachen Vertiefung neben dem Lavastrom. Es war tief scharlachrot – genau wie Stefan es beschrieben hatte.

Der König kniete sich neben das Ei. „Das kann nicht sein . . . ", flüsterte er.

König Kaleb begann, das Ei zu untersuchen. Es war so groß wie eine Grapefruit. Er betrachtete es von allen Seiten. Dann hob er das Ei mit beiden Händen vorsichtig gegen das Licht. Jeder konnte die schwachen Umrisse des Wesens darin sehen. Der König hielt das Ei an sein Ohr und lauschte. Dann

legte er es vorsichtig zurück in das Loch. Er sah die beiden Zauberer und seine Familie an.

„Das hätte ich nie für möglich gehalten", stellte der König fest. „Aber das ist tatsächlich ein scharlachrotes Drachenei."

Die Königin klatschte in ihre Hände. „Was für ein aufregendes Ereignis im Königreich Zauna!", rief sie aus.

„Ich wusste es!", erklärte Lukas. Dann packte er den Arm seines Vaters. „Können wir das Drachenei mit in den Palast nehmen?"

„Nein", sagte der König entschieden. „Das Ei muss auf Gipfelhorst bleiben, bis das Drachenbaby geschlüpft ist. Es darf nicht gestört werden."

Lukas ließ den Kopf hängen.

„Aber wenn das Drachenbaby geschlüpft ist", fuhr der König fort, „darfst du es in den Palast bringen."

„Wird das Drachenbaby mir gehören?", fragte Lukas.

„Ja", versprach der König. „Ich erkläre hiermit, der rote Drache wird dir gehören."

Lukas sprang in die Arme seines Vaters und drückte ihn.

„Danke, Vater! Ich danke dir!"

„Gern geschehen, mein Sohn", sagte der König mit einem Lächeln. „Du musst

dich gut um deinen Drachen kümmern. Und mit etwas Hilfe wirst du lernen, ihn zu trainieren."

Dann, noch immer einen Arm um Lukas gelegt, wandte sich der König an

Grom. „Wirst du das Ei weiter betreuen, bis das Drachenbaby geschlüpft ist?"

Grom, der schon viele verwaiste Drachen aufgezogen hatte, wusste genau, wie er das Ei pflegen musste.

„Es wäre mir eine Ehre, König Kaleb", sagte Grom. „Aber im Gegenzug bitte ich um eine Sache."

Der König hob eine Augenbraue. Er

war es nicht gewohnt, zu verhandeln. Niemand würde es wagen – außer Grom. Grom war ein etwas hinterlistiger Zauberer. Er teilte seine großen Heilkräfte mit dem Königreich, aber er konnte auch ein Unruhestifter sein.

„Und was möchtest du als Gegenleistung?", fragte der König.

„Ich hätte gerne die scharlachroten Eierschalen, nachdem der Drache geschlüpft ist", bat Grom.

Dracheneierschalen waren dafür bekannt, magische Kräfte zu haben. Grom hatte vor, sie in seinen Zaubertränken zu verwenden.

„Nun gut", erwiderte der König. „Ich sehe keinen Schaden darin. Du kannst die Schalen haben."

Grom lächelte schief. „Danke, Eure Majestät", antwortete er.

KAPITEL 4

Nestbau

Die Nachricht von dem scharlachroten Ei verbreitete sich wie ein Drachenfeuer über das Königreich.

„Es ist ein Wunder!", riefen einige. „Ein roter Drache wird dem Königreich sicher Glück bringen.

Andere meinten: „Oh nein! Scharlachrote Drachen bringen Unglück. Da kann nichts Gutes bei rauskommen."

Die örtlichen Kaufleute machten

diese Neuigkeiten zu Geld. Aus dem Gasthaus „Roter Hahn" war der „Rote Drache" geworden. Der Krämer begann, seine Eier rot zu färben. Die Dorfjungen verkauften am Straßenrand reihenweise handgeschnitzte rote Drachen. Aber Prinz Lukas hatte Wichtigeres zu tun. Er musste eine Höhle für den scharlachroten Drachen entwerfen. Lukas und Clara lernten alles über Drachenhöhlen. Sie lasen Bücher und sprachen mit den Rittern und den Zauberern.

Dann zeichnete Lukas einen Plan für das Drachen-Zuhause. Der Haupteingang, der sich hinter der Burg befand, sah aus wie der Eingang zu einer Höhle. Felsen und Felsbrocken umgaben den Eingang der Höhle. Lukas fügte einen Vorsprung hinzu, auf dem der Drache sitzen konnte. Unterirdische Stollen entstanden im Inneren.

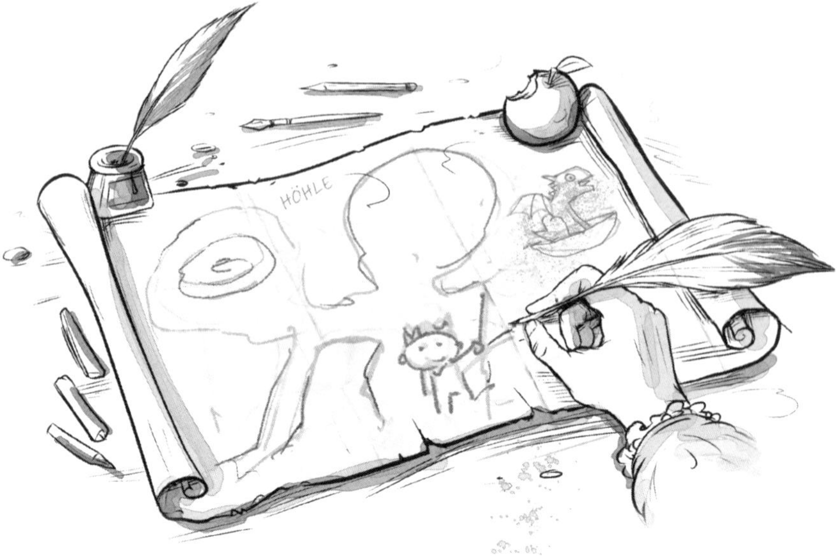

Jeder Tunnel führte zu einer Kammer. Lukas zeichnete einen Schlaf- und einen Essbereich, ein Spielzimmer mit einem Planschbecken und einem Wasserfall. Jede Kammer bekam einen großen Kamin hinzu, denn er hatte gelesen, dass rote Drachen ein warmes Zuhause

brauchen. Schließlich fügte er noch einen Fluchtausgang hinzu, falls sich ein Feind der Höhle näherte. Dann stellte Lukas seinen Plan seinem Vater vor. Der König war von Lukas' Ideen begeistert. Er ließ seine Männer den offiziellen Plan ausarbeiten. In der Zwischenzeit planten Clara und Lukas, Kauspielzeuge für den Babydrachen herzustellen.

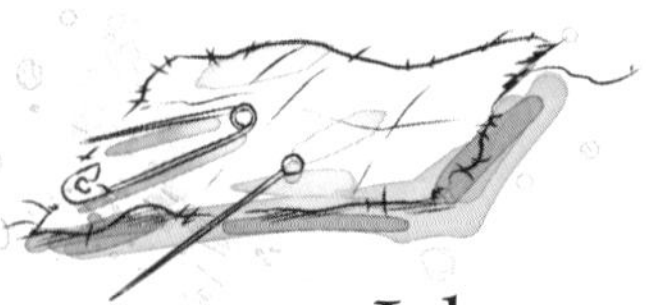

„Ich werde ein paar Stofftiere nähen", schlug Clara vor.

„Ich werde ein paar Holzspielzeuge schnitzen", überlegte Lukas.

Über mehrere Wochen hinweg nähte Clara einen Hasen, einen Bären und einen Fuchs aus den Stoffresten ihrer Mutter und füllte sie. Lukas sammelte Äste aus dem Wald und schnitzte eine Seeschlange, einen Stiefel, ein Kriegsbeil und einige Knochen. Die fertigen Kauspielzeuge

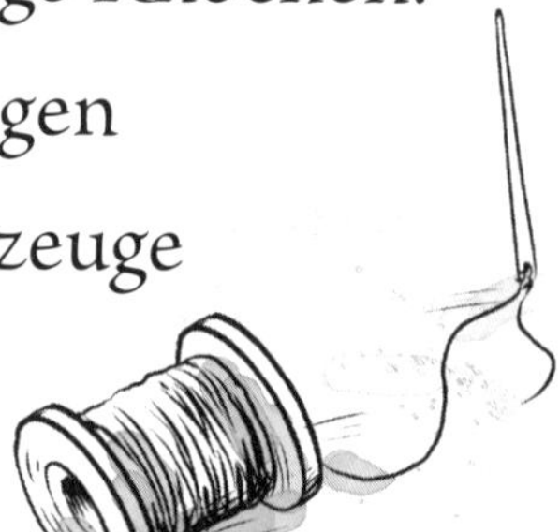

bewahrten sie in einer Truhe in Lukas' Spielzimmer auf, bis die Höhle fertig war.

Zwei Monate arbeiteten die Männer des Königs an der Höhle. Während sie bauten, nahm Lukas an einem Drachentraining auf Hobshagen teil. Andreas und Grom brachten ihm bei, wie man Schlüpflinge füttert und pflegt. Sie brachten ihm auch etwas über Drachengehorsam bei. Lukas teilte alles, was er gelernt hatte, mit Clara. Er wollte, dass seine beste Freundin ihm half, den

Drachen aufzuziehen.

Dann, eines Nachmittags, ertönte eine Trompete. Die Männer des Königs verkündeten die Fertigstellung der Höhle! Für die königliche Familie und Clara war es nun Zeit für die große Besichtigung. Die Kinder brachten die Spielzeuge des Drachen.

Alle folgten Stefan in die Höhle. Fackeln erhellten die Gänge. Obwohl es ein warmer Sommertag war, knisterte in jeder der Kammern ein Feuer. Es musste richtig warm für das Drachenbaby sein. Der König und die Königin gingen interessiert umher. Sie waren sehr beeindruckt. „Gute Arbeit", lobte der König.

„Eine prächtige Behausung", sagte die Königin.

„Jetzt brauchen wir nur noch das Drachenbaby!", rief Lukas aus.

Als sie im Spielzimmer ankamen,

verteilten Lukas und Clara die Kauspielzeuge. Während Stefan mit dem König und der Königin sprach, tauchten die Kinder ihre Füße in das Planschbecken. Sie verließen die Höhle durch den Notausgang, der sie zur Westseite des Schlosses unter die Brücke führte.

KAPITEL 5

Der Schlüpfling

Stefan stürmte in die große Halle.

„Hört! Hört! Die Zeit ist gekommen!", rief er. „Das Drachenbaby beginnt zu schlüpfen!"

Die königliche Familie ließ alles stehen und liegen und machte sich auf den Weg nach Gipfelhorst.

Wieder brachte Andreas sie zum Drachenei. Tatsächlich hatte das Ei einen Riss, der im Zickzack durch die Mitte verlief.

„Es wird nicht mehr lange dauern", versprach Grom.

Alle saßen und warteten. Das Ei lag still da. Ein Habicht schrie über ihren Köpfen. Wachteln raschelten im nahen Unterholz. Zaunkönige zwitscherten in den Baumwipfeln. Niemand sagte ein Wort, bis das Ei zu wackeln begann. Es wackelte und zitterte. Das Ei kugelte herum, und endlich brach die Schale mit einem Mal auseinander. Und in der Mitte stand ein sehr wackeliges, sehr rotes Drachenbaby.

„Aaack! Aaack!", schrie es und streckte seine rote Zunge heraus.

Das Drachenbaby war so groß wie ein ein Kätzchen. Es hatte das Gesicht einer Eidechse und Hörner. Außerdem besaß es einen langen Schwanz, fledermausartige Flügel und zwei Augen, die wie Smaragde leuchteten. Es hatte einen atemberaubenden karmesinroten Farbton.

„Es ist außergewöhnlich", stellte An dreas fest.

„Es ist bezaubernd!", rief die Königin.

„Es ist großartig!", jubelte Lukas.

„Es ist unglaublich!", sagte der König.

„Es ist ein *Junge!"*, rief Grom und kehrte die zerbrochenen Eierschalen schnell in einen Ledersack.

Andreas hob den Drachen hoch und ließ ihn auf seinem Arm hocken.

Der Schlüpfling fand sofort mithilfe seiner Flügel sein Gleichgewicht.

Andreas bot dem Drachen etwas Spinat und Beeren an. Aber der Drache schien nicht interessiert zu sein. Er wollte nur da oben sitzen.

„Darf ich ihn halten?", fragte Lukas.

Andreas ließ den Drachen auf Lukas' ausgestreckten Arm klettern. Dort blieb der Drache ruhig sitzen.

„Lukas, du musst ihn sofort in seine Höhle bringen", erklärte Andreas.

„Nahrung, ein Zuhause und Liebe

sind das, was der Schlüpfling jetzt am meisten braucht."

„*Aaack! Aaack!*", kreischte der Drache.

Lukas streichelte sanft die genoppten Hörner des Drachen.

„Wow", flüsterte er. „Mein ganz eigener Drache."

KAPITEL 6

Roskin

Clara konnte ihre Augen nicht von dem Babydrachen lassen.

„Er ist wunderschön", flüsterte sie.

Obwohl sie in der Höhle waren, blieb der Drache auf Lukas' Arm.

„Er denkt, ich bin seine Mutter", meinte Lukas.

Clara lachte. „Das ist auch gut so", sagte sie. „Denn du bist seine Mutter."

Lukas lächelte. „Lass uns mit ihm ins Spielzimmer gehen und uns ein paar Namen für ihn ausdenken."

„Ich liebe es, mir Namen auszudenken!", rief Clara.

Sie eilten den Tunnel hinunter zum Spielzimmer der Höhle. Lukas setzte den Babydrachen auf den Boden. Dann beobachteten sie ihn, um zu sehen, was

er tun würde. Der kleine Drache streckte seine Flügel aus und machte ein paar schnelle Schritte.

„Er ist *so* süß", schwärmte Clara. „Vielleicht sollten wir ihn Zuckerschnute nennen."

„Auf keinen Fall", protestierte Lukas. „Er braucht einen edlen Namen."

Sie sahen zu, wie der kleine Drache seinem Schwanz nachjagte. Er drehte sich immerzu im Kreis. Dann bemerkte er das Kauspielzeug und stürzte sich auf das Kaninchen. Er stupste es mit seiner Nase an. Dann brachte er es zu Lukas und legte es auf den Boden.

„Guter Junge", lobte Lukas.

Clara lächelte.

Dann legte sich der Drache vor Lukas hin.

„Awwww", sagte er. „Der kleine Kerl braucht eine Pause."

Lukas streichelte die Hörner des Drachen.

„Lass uns weitere Namen ausdenken", schlug Clara vor.

„Okay", stimmte Lukas zu. „Wie wäre es mit Glühwürmchen?"

„Gefällt mir," sagte Clara. „Was ist mit Feuerball?"

„Mag ich auch", fand Lukas.

Sie dachten sich alle möglichen Namen aus: Flammerich, Großer Roter, Lagerfeuer und Rosti.

„Was hältst du von Roskin?", fragte Lukas.

„Gefällt mir sehr", erwiderte Clara.

„Hab ich gerade erfunden", erklärte Lukas.

„Noch besser!", lächelte Clara.

„Okay! Dann soll sein Name Roskin sein!", erklärte Lukas.

Dann wandte er sich an den Babydrachen. „Hallo, Meister Roskin", begrüßte er ihn.

Der Drache reagierte nicht.

„Das ist in Ordnung", tröstete ihn Clara. „Er kennt seinen Namen noch nicht."

Lukas versuchte es noch einmal – diesmal ein wenig lauter. „Hey, Roskin!"

Roskin reagierte überhaupt nicht.

„Vielleicht ist er hungrig", überlegte Clara.

Lukas bot dem Drachen ein paar Oliven und Rhabarber an. Roskin schnupperte nicht einmal an dem Essen.

„Vielleicht ist er durstig", meinte Clara.

Sie trugen Roskin zum Planschbecken.

Er lag nur zusammengesunken neben dem Wasser und bewegte sich nicht.

„Oh-oh", sagte Lukas. „Etwas stimmt hier nicht."

„Du hast recht", seufzte Clara. „Er sieht nicht gut aus."

„Wir sollten besser Hilfe holen", schlug Lukas vor.

„Geh du", bat Clara. „Ich bleibe hier."

So schnell er konnte rannte Lukas zum Palast.

KAPITEL 7

Schneebeeren

Der König rief Andreas und Grom herbei, um dem kranken Drachen zu helfen. Die Zauberer brachten Kräuter, magische Steine und Glücksbringer in die Höhle. Sie mischten Knoblauch, rote Brennnessel und Himbeertee. Grom legte einen Kreis aus magischen Steinen um den Drachen. Dann öffnete Grom das Maul von Roskin, während Andreas ihm den Trank mit einem Löffel einflößte. Sie rieben die

Schuppen des Drachen mit Salbe ein und schwenkten Glücksbringer um seinen Kopf. Die Zauberer machten ihm sogar ein Kräuterbad. Aber Roskin war immer noch kraftlos und seine Augenlider hingen herab. Andreas stand vor Lukas und dem König.

„Ich fürchte, der Schlüpfling ist sehr krank", stellte er fest. „Ich habe das schon einmal erlebt. Die Krankheit schreitet schnell voran und endet selten gut."

„Andreas, du musst ihm helfen", flehte Lukas. „Ich will ihn nicht verlieren!"

„Ich auch nicht", sagte der König.

Andreas sah ernst aus. „Es gibt nur ein bekanntes Heilmittel", erklärte er.

„Was ist es?", fragten sie.

„Eine Kombination aus Minztee und Schneebeeren", antwortete Andreas. „Das Problem ist, einst gab es im Königreich

reichlich Schneebeeren. Aber jetzt sind sie fast nicht mehr zu finden."

„Für die Männer des Königs ist nichts zu schwer", rief der König. „Ich werde einen Suchtrupp anordnen. Wo soll ich sie hinschicken?"

„Zum Sternlosen Wald auf der Insel Burk", sagte Andreas. „Der Ort, an dem die Schneebeeren wachsen, soll verzaubert sein. Seit Generationen ist dies ein

Geheimnis, und niemand weiß, wo sie sind."

„Meine Männer werden den Wald durchkämmen", versprach der König. „Denjenigen, der die Schneebeeren findet, belohne ich mit zwanzig Goldstücken."

„Wenn Roskin überleben soll, brauchen wir die Beeren bis zum Sonnenuntergang", sprach Andreas.

„Aber dann haben wir nur einen Nachmittag!", rief Lukas.

„Das ist nicht genug Zeit!" Lukas' Augen füllten sich mit Tränen. König Kaleb schlang seine Arme um seinen Sohn und hielt ihn fest.

„Wir dürfen die Hoffnung nicht aufgeben", munterte ihn der König auf. Dann machte er sich auf, um den Suchtrupp zusammenzustellen.

Clara legte ihre Hände auf Lukas' Schultern.

„Es wird alles gut, Lukas", flüsterte sie. „Ich habe eine Idee."

Lukas wischte sich mit dem Handrücken über die Augen. „Wirklich?", fragte er.

„Ja", wisperte sie. „Aber wir müssen sofort los."

KAPITEL 8

Bren

Clara nahm Lukas an der Hand und die beiden rannten zu den Ställen. Nachdem sie Muschel und Lukas' Pferd Iwan gesattelt hatten, sprangen sie auf und galoppierten über die Brücke nach Burk.

„Wohin reiten wir?", rief Lukas.

„Du wirst schon sehen!"

Clara und Lukas galoppierten auf einem unbefestigten Weg, bis sie zu einem steinernen Häuschen kamen, das von orangefarbenen Lilien umgeben war. Clara und Lukas banden Muschel und Iwan an einen Anbindepflock. Dann hämmerte Clara an die Tür.

Ein kleiner stämmiger Troll mit rosigen Wangen und funkelnden blauen Augen öffnete die Tür.

„Hallo, Clara!", rief der junge Troll aus. „Warum so laut? Lieferst du heute etwa Brot mit deinem Vater aus?"

Clara schüttelte den Kopf. „Nein, Bren", begann sie. „Der Prinz und ich sind gekommen, um dich um Hilfe zu bitten. Der scharlachrote Drache ist sehr krank. Er braucht vor Sonnenuntergang Schneebeeren, sonst wird er sterben."

Die Miene des Trolls wurde sehr ernst.

„Wie kommst du darauf, dass ich etwas über Schneebeeren weiß?", fragte Bren.

„Weil du mir einmal davon erzählt hast, und niemand kennt den Sternlosen Wald besser als du", sagte Clara. „Kannst du uns helfen?"

Clara kannte Bren, seit sie denken konnte. Sie waren im gleichen Alter und spielten oft zusammen, wenn ihr Vater seine Kunden auf Burk mit Brot belieferte. Bren hatte magische

Geschichten über den Sternlosen Wald erzählt. Bren seufzte, als er darüber nachdachte, was Clara gerade gefragt hatte.

„Der König hat eine großzügige Belohnung versprochen", sagte Clara.

„Ach?" fragte Bren. „Was für eine Belohnung?"

„Zwanzig Goldstücke", antwortete Lukas. Er wusste, dass alle Trolle Gold liebten.

Bren blickte sich um, um zu sehen, ob noch jemand zuhörte.

„Okay", versprach Bren. „Ich werde euch Schneebeeren besorgen."

Lukas und Clara klatschten in die Hände.

„Dürfen wir dich begleiten?", fragte Clara.

„Nein", erwiderte Bren. „Der Ort ist ein Geheimnis. Ich bin der Einzige, der ihn kennt. Mein Vater hat mir davon erzählt, bevor er gestorben ist."

„Bitte?", bettelte Clara.

„Auf keinen Fall", rief Bren.

„Was, wenn dir etwas passiert?", fragte Lukas.

„Dann wird niemand jemals erfahren, wo die Schneebeeren wachsen", fügte Clara hinzu.

Bren wusste, dass dies die Wahrheit war. Er wusste auch, dass er irgendwann

mit jemanden darüber reden musste. Er war sich ziemlich sicher, dass man Clara und Lukas trauen konnte.

„Vielleicht habt ihr recht", überlegte er. „Aber ihr müsst versprechen, es niemandem zu erzählen."

„Wir versprechen es", gelobten Lukas und Clara.

„Okay", meinte Bren. „Dann müssen wir sofort aufbrechen, wenn wir die Scheebeeren vor Sonnenuntergang finden wollen."

Bren packte Fackeln, Wasser und einige Lederbeutel zusammen. Er schlang sich einen Wollbeutel mit einem langen Riemen über die Brust. Dann setzte er sich einen abgenutzten Filzhut auf den Kopf.

„Gehen wir", sagte er.

KAPITEL 9

Die Lücke

Die Kinder wanderten durch ein Maisfeld, das sich auf dem Land befand, das die Trolle seit Hunderten von Jahren bewirtschafteten. Vorsichtig folgten Lukas und Clara Bren über eine schwankende Hängebrücke in den Sternlosen Wald. Während sie weiterwanderten, erzählte Lukas Bren von dem Babydrachen. Der Wald wurde immer dunkler. Bald war es zu dunkel, um etwas zu sehen.

Bren zündete für jeden von ihnen eine Fackel an.

Nach einer Weile blieb er stehen und legte eine Hand an sein Ohr.

„Hört ihr das?", flüsterte er.

Lukas und Clara standen still und lauschten.

„Es klingt wie rauschendes Wasser“, wisperte Clara.

„Das ist der Verlorene Fluss“, erklärte Bren. „Folgt mir.“

Lukas und Clara blieben in Brens Nähe. Dann hielt er erneut an, dieses

Mal neben zwei riesigen Felsbrocken. Bren griff in seinen Wollbeutel und holte eine Handvoll getrockneter Lavendelblüten heraus. Er streute sie über die Felsblöcke. Die Felsbrocken begannen zu rumpeln. Dann erschien eine Öffnung.

Clara und Lukas erschraken.

„Was ist hier los?", fragte Clara.

„Das ist die Lücke", sagte Bren.

„Was ist das?", fragte Lukas.

„Es ist eine Lichtung im Wald", erklärte Bren. „Es ist der einzige Ort im Sternlosen Wald, an dem die Sonne scheint."

„Aber warum?", fragte Lukas.

„Vor langer Zeit verzauberte ein Magier den Ort, um die Einhörner vor der Jagd zu schützen."

„Du meinst, es gibt wirklich Einhörner?", fragte Lukas.

„Ja", nickte Bren. „Aber heute nur mehr in der Lücke."

„Wow", sagte Clara. „Kein Wunder, dass es ein Geheimnis ist."

„Und ein sehr heiliger Ort", fügte Bren hinzu. „Es ist jetzt der einzige Ort, an dem auch die Schneebeeren wachsen. Folgt mir."

Sie kletterten durch die Öffnung zwischen den Felsen.

Ein Tunnel machte vor ihnen eine Krümmung. Als sie weitergingen, wurde das Rauschen des Wassers lauter. Sie bogen um eine Ecke und plötzlich war der Tunnel von Sonnenlicht erfüllt.

Mit ihren Händen beschatteten Lukas und Clara ihre Augen. Von der Höhlenöffnung aus konnten sie einen Wasserfall sehen, der in ein Becken mit glitzerndem Wasser stürzte. Eine Einhornmutter und ihr Junges tranken am Rande des Wassers. Zaunkönige zwitscherten. Der Boden war mit Vergissmeinnicht bedeckt: winzige himmelblaue Blüten mit einem weißen

Innenring und einer gelben Mitte. Schmetterlinge flatterten über die Blumen.

„Wow. Das ist das Paradies", flüsterte Lukas.

„Es ist magisch", staunte Clara.

„Kommt weiter", drängte Bren. „Wir sollten uns lieber beeilen."

Sie löschten die Fackeln und ließen sie in der Höhle zurück. Dann wanderten sie zum Wasser.

„Da drüben", rief Bren.

Er deutete auf einige dornige Ranken, die an den Felsen neben dem Wasserfall hochgeklettert waren. Pralle weiße Beeren säumten die Ranken.

„Das sind Schneebeeren", erklärte Bren. Er reichte Lukas und Clara einen Beutel.

Die Kinder krochen in Richtung der Reben und pflückten die weißen Beeren. *Plopp! Plopp! Plopp!* Sie füllten ihre Lederbeutel. Als sie fertig waren, zündeten sie ihre Fackeln an und machten sich auf den Weg zurück durch den Tunnel und aus dem Wald. Als die Kinder zu Brens Hütte zurückkamen, war die Sonne bereits untergegangen.

„Ihr müsst gehen", drängte Bren.

Lukas und Clara bedankten sich bei ihrem Freund und versprachen, kein Wort über die Lücke zu verlieren.

„Du wirst deine Belohnung bekommen", versprach Lukas.

Bren nickte. „Beeilt euch", rief er. „Ich hoffe, es ist nicht zu spät."

Lukas und Clara sprangen wieder auf ihre Pferde und ritten über die Brücke und den Hügel hinauf zur Höhle.

KAPITEL 10

Aufwachen!

„Lebt Roskin?", rief Lukas, als er die Höhle betrat.

„Schhhh – erschreckt ihn nicht", ermahnte sie Andreas und streichelte Roskins Kopf. „Er lebt, aber er ist sehr, sehr krank."

„Hier", sagte Lukas und reichte Andreas die Beutel. „Clara und ich haben dir etwas mitgebracht."

„Was ist das?", fragte Andreas, als er die

Schnüre eines Beutels lockerte und hineinspähte. „Schneebeeren!", rief er aus.

Es blieb keine Zeit für Fragen. Die Zauberer machten sich sofort an die Arbeit. Andreas schüttete die

Beeren in einen Mörser und zerstieß sie mit einem Stößel. Grom braute einen Minztee auf. Sobald er kochte, goss er ihn über die zerdrückten Beeren. Dann rührte Andreas die Mischung um, bis sie sich vermengt hatte. Grom öffnete Roskins Maul und Andreas gab dem Drachen einen Löffel von dem Trank.

„Was jetzt?", fragte Clara.

„Jetzt warten wir", meinte Andreas.

Sie saßen und beobachteten den

Babydrachen. Roskin lag einfach nur da. Grom überprüfte den Puls von Roskin.

„Lebt er noch?", fragte Lukas.

„Er ist eingeschlafen", flüsterte Grom.

„Vielleicht solltest du und Clara euch auch ausruhen", schlug Andreas vor.

„Auf keinen Fall", erwiderte Lukas. „Ich bleibe ... Ich werde hierbleiben, bis er aufwacht."

„Ich auch!", sagte Clara.

„Nun gut", murmelte Andreas.

Dann ging Andreas in den Palast. Er bat den König, er solle den Suchtrupp zurückrufen, und teilte ihm die neuesten Nachrichten mit. Als Andreas zurückkehrte, brachte er einen Laib Brot, einen großen Topf Wildreissuppe und einige Schüsseln mit. Stefan folgte mit Kissen und Decken.

„König Kaleb erlaubt euch zu bleiben", sagte Andreas zu den Kindern.

Alle aßen zu Abend, während sie Roskin bewachten. Grom stellte dem Drachen einen Teller mit Essen vor die Nase. Alle paar Minuten sah Lukas nach, ob Roskin noch atmete. Irgendwann vor der Morgendämmerung schliefen dann alle tief und fest.

Und genau in diesem Moment wachte Roskin auf.

„Aaack! Aaack!", krächzte er.

Lukas öffnete die Augen. Das Drachenbaby saß an seiner Seite und schaute ihm in die Augen. Der Teller mit dem Essen neben Roskin war leer.

„Roskin!", rief er. „Dir geht es besser!"

Roskin krächzte erneut.

Und es stimmte: Roskin ging es gut.

Am nächsten Tag veranstalteten der König und die Königin eine Drachenbabyparty für das ganze Königreich. Bren bekam seine Belohnung, und Lukas und Clara hielten ihr

Versprechen, die Lücke geheim zu halten.

Von diesem Tag an begann Roskin zu wachsen. Er lernte auch zu fliegen. Das Einzige, was Roskin nun brauchte, war Training. Viel Training.

Aber das ist eine andere Geschichte.

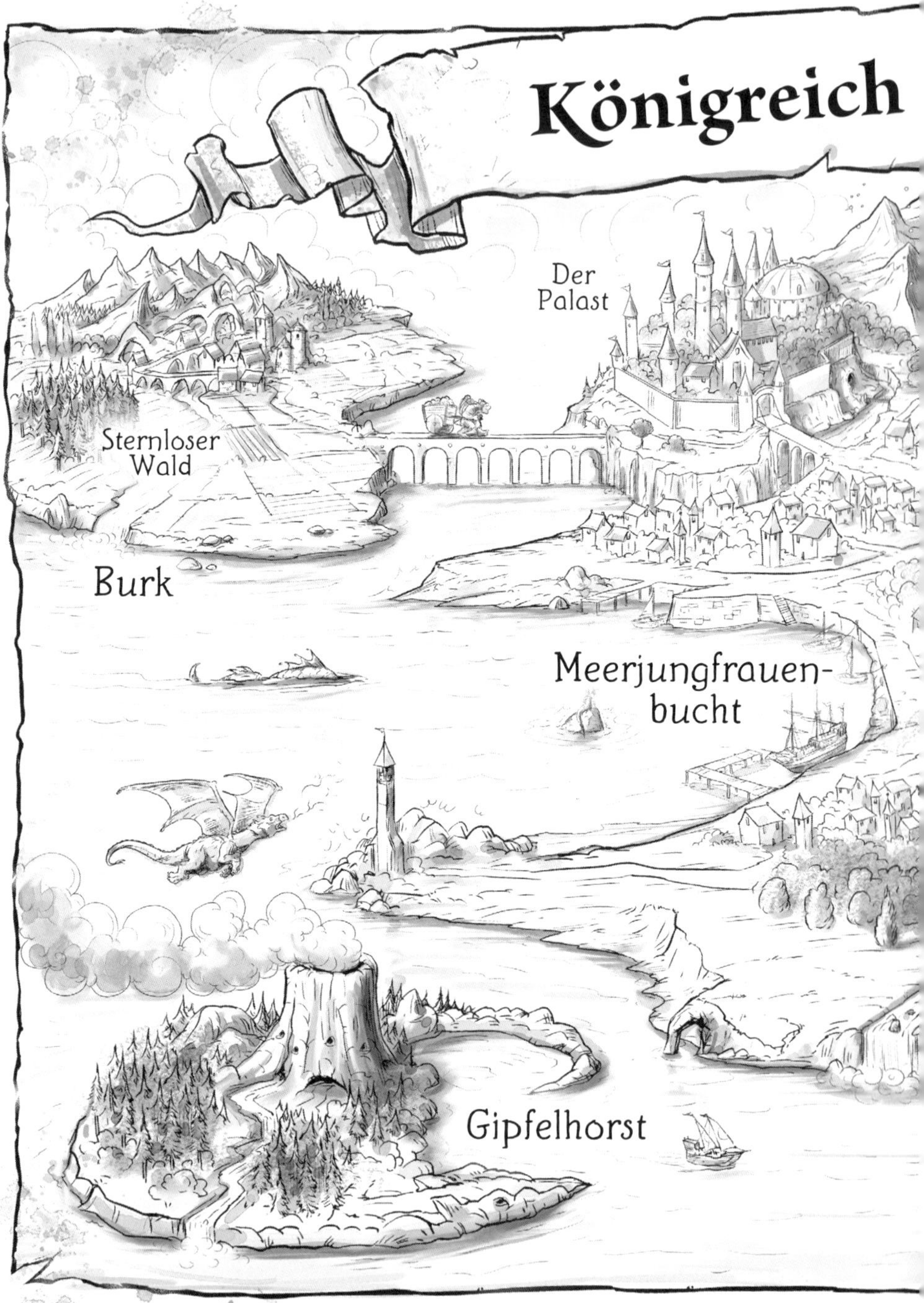
Königreich
Der Palast
Sternloser Wald
Burk
Meerjungfrauenbucht
Gipfelhorst

von Zauna
Frostkamp
Primhall
Moorwang
Das Festland
Hobs-
fels
Hobshagen